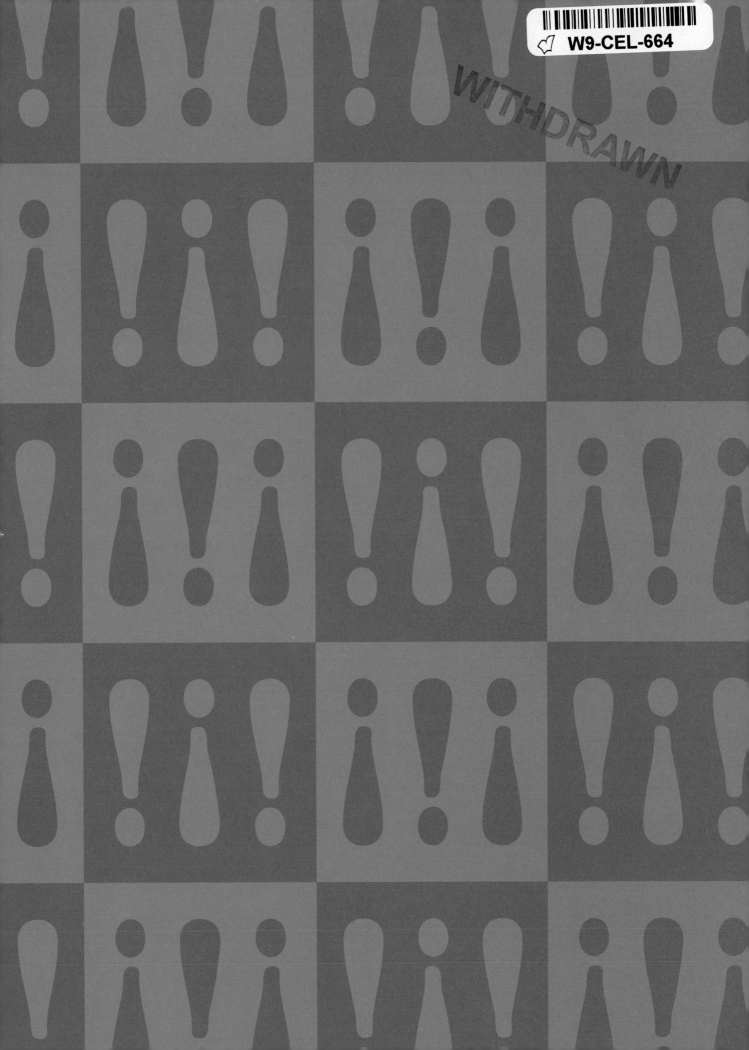

Alejandria Fights Back!

¡La lucha de Alejandria!

Alejandria Fights Back!

¡La lucha de Alejandria!

By/por Leticia Hernández-Linares and the Rise-Home Stories Project

Illustrated by/ilustrado por Robert Liu-Trujillo

Translated by/traducido por Carla España

THE FEMINIST PRESS
AT THE CITY UNIVERSITY OF NEW YORK
NEW YORK CITY

¡Bienvenidos a Parkwood! Soy Alejandria, y éste es mi hogar. Nuestro hogar no es sólo nuestro apartamento—es todo nuestro barrio. Nuestros vecinos vienen de todas partes del mundo. ¡Mami y mi abuela, Tita, son de Nicaragua, y yo nací aquí!

Me gusta dibujar las personas y los lugares en nuestro barrio. Personas como la Sra. Beatrice de la panadería donde Tita compra sus picos y la Sra. Alicia del puesto de flores con su perrito Duende y el Sr. Amir saludando desde su pulpería en la esquina. Una vez colgó un dibujo mío en la ventana de su negocio. Tita y Mami estaban muy orgullosas de mí.

Welcome to Parkwood! I'm Alejandria, and this is my home. Home isn't just our apartment—it's the whole neighborhood. Our neighbors come from all around the world. Mami and my abuela, Tita, are from Nicaragua, and I was born right here!

I like to draw the people and places in our barrio. Like Ms. Beatrice from the bakery where Tita gets her picos and Ms. Alicia from the flower stand with her little dog Duende and Mr. Amir waving from his corner store. One time, he hung a drawing of mine in the store window. Tita and Mami were really proud.

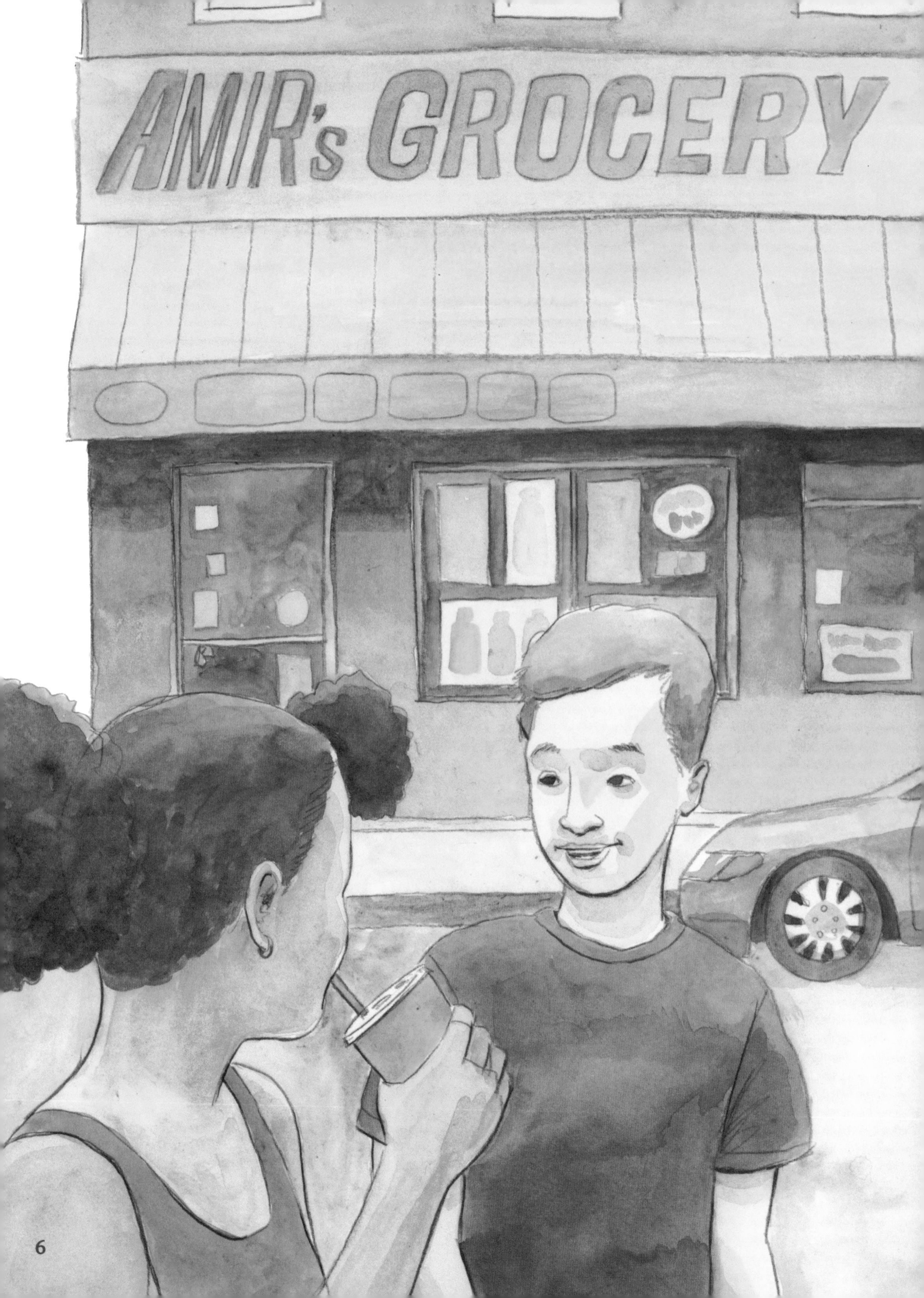
AMIR's GROCERY

Estoy afuera de la pulpería del Sr. Amir terminando mi raspado cuando escucho a alguien gritar "¡Ale!" Es mi mejor amigo, Edgar. Estaba visitando a su abuela en Guatemala, y siento como si él hubiera estado lejos por una eternidad. "¿Qué me perdí?" pregunta Edgar.

"Qué verano tan laaargo," le digo, y comienzo a contarle la historia de cómo casi perdimos nuestro hogar.

I'm outside Mr. Amir's finishing my raspado when I hear someone shout "Ale!" It's my best friend, Edgar. He was visiting his grandma in Guatemala, and it feels like he's been gone forever. "What did I miss?" Edgar asks.

"It's been a looong summer," I say, and launch into the story of how we almost lost our home.

Era el primer día de las vacaciones de verano, y estaba caminando con Tita. Ella paró para charlar con la Sra. Beatrice. Salí corriendo, adelantándome para poder jugar con Duende.

It was the first day of summer vacation, and I was walking with Tita. She stopped to chat with Ms. Beatrice. I ran ahead so I could play with Duende.

Me tropecé y tumbé un letrero. La Sra. Alicia vino corriendo. "¿Ale, estás bien?"

I tripped and knocked over a sign. Ms. Alicia came running. "Ale, are you all right?"

Tita nos alcanzó. "Ay, mira esto. ¡Otro letrero anunciando 'Se Vende'!"

La Sra. Beatrice asintió con la cabeza. "Hay uno nuevo cada otro día."

Tita caught up to us. "Ay, look at this. Another 'For Sale' sign!"

Ms. Beatrice nodded. "There's a new one every other day."

Al día siguiente, escuché a alguien llamando mi nombre desde el fondo del pasillo. Era Julian. Caminé a su apartamento y vi cajas en la sala.

"Hola Julian, ¿qué pasa?"

Frunció el ceño. "Nos estamos mudando. Mi papá dijo que los propietarios aumentaron la renta, entonces no podemos quedarnos aquí. Es muy caro."

Me sentí mal por Julian y me pregunté: ¿Pueden hacernos lo mismo?

The next day, I heard someone calling my name from down the hall. It was Julian. I walked over to his apartment and saw boxes in the living room.

"Hey Julian, what's up?"

He frowned. "We're moving. My dad said the landlords raised the rent, so we can't stay here anymore. It's too expensive."

I felt bad for Julian and wondered: Could they do the same thing to us?

Esa noche, fui a mostrarle mi último dibujo a Mami. La encontré en la cocina mirando el correo fijamente. "¡Mire lo que hice!" Ella parecía estar enojada, como si estuviera teniendo una pesadilla.

"Hermoso, hija," murmuró y regresó su mirada al papel.

Comencé a sentir un hormigueo, ese sentimiento de hormiguitas en mi barriga.

That night, I went to show Mami my latest drawing. I found her in the kitchen staring at some mail. "Look what I made!" She seemed upset, like she was having a bad dream.

"Beautiful, hija," she mumbled, and looked back down at the paper.

I started having hormiguitas, that feeling of little ants in my belly.

Más tarde, mientras Mami se preparaba para ir al trabajo, investigué. Encontré el papel, y entre todas esas palabras, algunas me llamaron la atención:

"RENTA," "AUMENTO," "30 DÍAS," "DESALOJO."

"¡Ale!" La voz enojada de Mami me sorprendió. "No debes de estar mirando por mis cosas."

Lágrimas calientes llenaron mis ojos. "Mami, ¿qué significa esto? ¿Nosotras también tenemos que mudarnos?"

"Haremos lo que tengamos que hacer para sobrevivir," dijo Mami. "Pero esto no es algo que debe preocuparte."

Later, while Mami was getting ready for work, I investigated. I found the piece of paper, and in the jumble of words, a few jumped out:

"RENT," "INCREASE," "30 DAYS," "EVICTION."

"Ale!" Mami's angry voice surprised me. "Don't look through my stuff."

Hot tears filled my eyes. "Mami, what does this mean? Do we have to move too?"

"We'll do what we have to do to survive," Mami said. "But this isn't something you should worry about."

No pude dormir. Tenía tantas preguntas.

En las historias de Tita sobre Nicaragua, ella siempre decía, "Cuando las personas a cargo trataron de intimidarnos y sacarnos, nos unimos y luchamos."

Todo parecía muy injusto. Me pregunté si había algo que podía hacer.

I couldn't sleep. I had so many questions.

In Tita's stories about Nicaragua, she would always say, "When the people in charge tried to bully us and push us out, we got together and pushed back."

It all seemed so unfair. I wondered if there was anything I could do.

Tita y Mami discutieron sobre el aviso durante el desayuno. Tita quería hablar con la compañía de los propietarios sobre la renta, pero Mami parecía estar nerviosa.

Miré fijamente la leche que quedaba en mi tazón con cereal hasta que no podía soportarlo más.

"¡Tenemos que hacer algo!" Estaba sorprendida con lo fuerte que sonaba mi voz.

"Sí, hija, estoy de acuerdo, pero tu mami está asustada," dijo Tita.

"No estamos aquí para causar problemas," dijo Mami.

Las dos se ven igual cuando están enojadas.

At breakfast, Tita and Mami argued about the notice. Tita wanted to talk to the landlords' company about the rent, but Mami seemed nervous.

I stared at the leftover milk in my cereal bowl until I couldn't take it anymore.

"We have to do something!" I was shocked by how loud my voice sounded.

"Yes, hija, I agree, but your mami is scared," Tita said.

"We're not here to make trouble," Mami said.

They both look the same when they're mad.

Tita siempre dice, "El conocimiento es poder." Me llevó a la biblioteca y buscamos "derechos de los inquilinos" en línea. Aprendí que inquilinos son personas como nosotras que pagan renta a empresas que poseen edificios.

"A algunos propietarios les importa más el dinero que las personas," me dijo Tita.

Tita always says, "Knowledge is power." She took me to the library, and we searched for "tenants' rights" online. I learned that tenants are people like us who pay rent to companies that own buildings.

"Some landlords care more about money than people," Tita told me.

Después, Tita y yo fuimos a una organización que ayuda a inquilinas como nosotras. "Nuestro edificio está lleno de familias que han vivido aquí por mucho tiempo," Tita le explicó a la amable organizadora. Tenía unos de los tipos de pelo más tuani que había visto.

Next, Tita and I went to an organization that helps out tenants like us. "Our building is full of families who have lived there for a long time," Tita explained to the nice organizer. She had some of the coolest hair I'd ever seen.

No Nos Moverán

"Esto no les está pasando solamente a ustedes. La empresa posee un montón de edificios en el barrio y están tratando de echar a varias personas." Me dolió la cabeza solo pensar en todos nuestros vecinos teniendo que mudarse.

"Tienen que reunir a sus vecinos," dijo la amable organizadora, "y luchar como un grupo." Comencé a imaginarnos a todos como superhéroes.

"This isn't just happening to you. The company owns a bunch of buildings in the neighborhood, and they're trying to kick out a lot of people." The thought of all our neighbors having to move made my head hurt.

"You need to get your neighbors together," the nice organizer said, "and fight as a group." I began to imagine us all as superheroes.

Mientras Tita y yo nos íbamos, la organizadora nos dio un cartel para una reunión de inquilinos en la municipalidad más tarde esa semana.

"¡Tita! ¡Esta es la manera que podemos juntarlos a todos!" le dije.

Tita sonrió. "Así mismo, Ale."

En casa, Mami no quería escuchar nada de esto. "Si rompemos las reglas, las cosas empeorarán." Sonaba frustrada, pero también triste.

"Hija, sabes que los propietarios rompen las reglas todo el tiempo," Tita respondió. También sonaba triste.

As Tita and I were leaving, the organizer handed us a poster for a tenants' meeting at city hall later that week.

"Tita! This is how we can get everyone together!" I said.

Tita smiled. "That's the spirit, Ale."

Back home, Mami didn't want to hear about it. "If we break the rules, things will only get worse." She sounded frustrated, but also sad.

"Hija, you know landlords break rules all the time," Tita responded. She sounded sad too.

Al siguiente día, Tita y yo tocamos las puertas de nuestros vecinos y les dimos los anuncios que había dibujado para la reunión. Algunos vecinos parecían estar nerviosos o hasta asustados.

The next day, Tita and I knocked on our neighbors' doors and handed out flyers I'd drawn for the meeting. Some neighbors seemed nervous or even scared.

Cuando tocamos la puerta de Julian, le entregué un anuncio mientras su papá miraba silenciosamente. "La compañía ha hecho esto antes," le dije. "Aumentan la renta para que los inquilinos tengan que mudarse, o los echan. Después venden el edificio por mucho dinero. ¡Pero podemos pelear esto si vamos a la reunión!"

When we knocked on Julian's door, I handed him a flyer while his dad watched quietly. "The company has done this before," I said. "They raise the rent so tenants have to move, or they kick them out. Then they sell the building for a lot of money. But we can fight this if we go to the meeting!"

Julian asintió con su cabeza. "Supongo que es importante conocer nuestros derechos. Tal vez no nos estuviéramos mudando si los hubiéramos sabido."

"¡Sí! ¿Entonces hablarás en la reunión?" le pregunté.

El papá de Julian despejó su garganta. "Lo haremos— si tú lo haces."

Me quedé con la boca abierta. "¿Yo? ¡Solo tengo nueve años!"

Tita metió la cuchara, "Hija, nunca eres muy joven para levantar tu voz."

Julian nodded. "I guess it's important to know our rights. Maybe we wouldn't be moving if we'd known."

"Yes! So will you speak at the meeting?" I asked.

Julian's dad cleared his throat. "We will—if you do."

My mouth fell open. "Me? I'm only nine!"

Tita chimed in, "You're never too young to speak up, hija."

Cuando llegamos a la municipalidad, sentí muchas hormiguitas en mi barriga. ¡Todos nuestros vecinos estaban allí, y estaban muy animados! Tita me consoló. "Da miedo defender las causas que tú crees, pero sé que lo puedes hacer."

When we got to city hall, I felt major hormiguitas in my belly. All our neighbors were there, and they were fired up! Tita comforted me. "Standing up for what you believe in is scary, but I know you can do it."

Escuché mi nombre, y era mi turno para hablar. Mi cara se veía como un tomate súper rojo al caminar hacia el micrófono. Entonces me di cuenta que Mami estaba entre la multitud.

I heard my name, and it was my turn to speak. My face looked like a bright-red tomato as I walked to the microphone. Then I noticed Mami in the crowd.

Se me olvidó lo que quería decir, así que alcé mi dibujo del barrio.

"Mi nombre es Alejandria, y nací aquí mismo en Parkwood. Quiero mostrarles que nuestro hogar no es sólo nuestro apartamento sino todo nuestro barrio. Mami, Tita, Julian, la Sra. Beatrice, el Sr. Amir, la Sra. Alicia, Duende . . . somos como una familia grande, y queremos quedarnos aquí. Como dice mi Tita, todos debemos de tener un lugar que podamos decir que es nuestro hogar, no importa cuánto dinero tengamos. Espero que puedan hacer una ley sobre esto."

Cuando terminé, vi que Mami estaba llorando y sonriendo a la misma vez.

I forgot what I wanted to say, so I held up my drawing of the neighborhood.

"My name is Alejandria, and I was born right here in Parkwood. I want to show you that our home is not just our apartment but our whole neighborhood. Mami, Tita, Julian, Ms. Beatrice, Mr. Amir, Ms. Alicia, Duende . . . we're like a big family, and we want to stay here. Like my Tita says, everyone should have a place to call home, no matter how much money they have. I hope you can make a law about that."

When I finished, I saw that Mami was crying and smiling at the same time.

Mami me dió un fuerte abrazo. "Ale, perdoname. Me enfoco en el trabajo y me preocupo mucho porque es difícil ser inmigrante. No le agradamos a todo el mundo." Mami nunca me había compartido esto antes. "Pero estoy orgullosa de cuán valiente y fuerte fuiste hoy."

Tita se unió a nuestro abrazo. Miró a Mami. "Y estoy orgullosa de ti por estar aquí."

Mami hugged me hard. "Ale, I'm sorry. I focus on work and worry a lot because it's hard to be an immigrant. Not everyone likes us." Mami had never told me this before. "But I'm proud of how brave and strong you were today."

Tita joined our hug. She looked at Mami. "And I'm proud of you for showing up."

Mientras termino mi historia, Edgar me mira fijamente, moviendo su cabeza. "Ale, no puedo creer que hablaste en la municipalidad! ¡Eres como famosa!"

"Gracias," le digo con una sonrisa. "Vámonos."

"¿Dónde?" pregunta Edgar.

"¡A la comida comunitaria del barrio! Es nuestra nueva tradición."

As I finish my story, Edgar stares at me, shaking his head. "I can't believe you spoke at city hall, Ale. You're, like, famous!"

"Thanks," I say with a smile. "C'mon, let's go."

"Where to?" Edgar asks.

"The neighborhood potluck! It's our new tradition."

En la comida comunitaria, voy directo a la torta de tres leches. Tita grita para llamarnos la atención. "¡Tenemos un invitado especial! ¡El concejal Brown está aquí!"

Él habla con una voz seria. "Quiero agradecerles a todos por participar en la reunión." De repente me mira directamente. "Estábamos especialmente impresionados con nuestra oradora más joven, Alejandria." Las personas comienzan a aplaudir y siento mi cara acalorarse.

At the potluck, I head straight for the tres leches cake. Tita shouts to get our attention. "We have a special guest! Councilperson Brown is here!"

He speaks in a serious voice. "I want to thank you all for participating in the meeting." Suddenly he looks straight at me. "We were especially impressed by our youngest speaker ever, Alejandria." People start clapping, and I feel my face burning up.

El Sr. Brown continúa, "Vine a decirles personalmente que estamos trabajando en nuevas reglas de renta para proteger a inquilinos como ustedes, no sólo en este vecindario, sino a través de la ciudad—para que todos puedan quedarse en sus hogares." Todos echamos porras.

Mr. Brown continues, "I came here to tell you personally that we're working on new rent rules to protect tenants like you, not just in this neighborhood, but across the city—so that everyone can stay in their homes." We all cheer.

Escucho la voz de Mami atrás de mí. "Gracias, hija," me dice. Me doy vuelta y veo que tiene un plato con su gallo pinto especial. "¿Por qué, Mami?"

"Por mostrarme que si levantamos nuestras voces, podemos cambiar las cosas."

I hear Mami's voice behind me. "Gracias, hija," she says. I turn and see she has a dish of her special gallo pinto. "What for, Mami?"

"For showing me that if we speak up, we can change things."

43

¡Y si alguna vez estás por el barrio, te daré la bienvenida y te mostraré todas las personas y lugares especiales que forman nuestra gran familia!

And if you're ever in the barrio, I will welcome you and show you all the special people and places that make up our big family!

¡Hola! Es Ale. ¡Bienvenidos al glosario! Aquí encontrarán información importante que quiero compartir con ustedes. Una vez, uno de mis maestros favoritos me dijo que es bueno siempre estar preparados como estudiantes para continuar aprendiendo, sin importar nuestra edad. Definitivamente estoy lista así que aprenderemos juntos.

ALQUILER: Dinero que las personas pagan a un propietario cada mes para que puedan vivir en su hogar. Mami trabaja bien duro para pagar el alquiler cada mes.

BARRIO: En Latinoamérica, el "barrio" es otra manera de decir "vecindario" en español. En los Estados Unidos, barrio se refiere a un vecindario donde viven inmigrantes de Latinoamérica y personas que se identifican como Latinxs. "Latinx" es una manera de referirse a las personas de descendencia Latinoamericana, sin importar su género.

CONCEJAL: Una persona elegida al gobierno local de un pueblo o una ciudad cuyo trabajo es cuidar de las personas y comunidades que representan. En diferentes lugares esta posición se puede conocer como "supervisor." ¿Sientes que tu concejal cuida tu comunidad?

DESALOJO: Cuando un propietario va a la corte para remover a un inquilino de su hogar. Si tú o tu familia están enfrentando el desalojo, puedes encontrar información en alejandriafightsback.com. El proceso de desalojo comienza cuando el propietario le entrega un aviso escrito al inquilino para decirle cuántos días tiene para mudarse. Hay diferentes razones para el desalojo, pero en algunos estados, el propietario no tiene que dar una razón.

GALLO PINTO: Comida popular en Nicaragua que es una mezcla de arroz con frijoles. Muchos países en Latinoamérica tienen algo similar pero lo llaman por otro nombre. ¡No importa el nombre que le des, siempre es riquísimo!

HORMIGUITAS: Palabra en español para describir pequeñas hormigas. Cuando me siento nerviosa, es como si tuviera hormigas pequeñas en mi barriga. He oído a personas decir que tienen mariposas en su estómago, pero las mías se sienten como hormigas.

INQUILINO: Una persona que alquila su hogar de un propietario. Cada mes le pagan al propietario para vivir en el hogar.

ORGANIZADORA: Una persona que ayuda a que los miembros de una comunidad se unan para reconocer su poder y luchar por sus derechos. ¡Puedes ser un organizador o una organizadora a cualquier edad!

PICOS: Pan dulce y delicioso en forma de triángulo, lleno de queso y azúcar. "Picos" también significan "puntos agudos" o "esquinas," y los picos que comes tienen tres esquinas que puedes morder. ¡A Duende le encantan los picos!

PROPIETARIO: Una empresa o persona que es dueño de una casa, apartamento, u otro tipo de hogar donde no viven, pero cobran dinero para que otros vivan allí.

RASPADO: Una delicia con jarabes deliciosos que frecuentemente se compran de vendedores ambulantes. Mi favorito es de fresa.

TRES LECHES: Una torta popular en varias partes de Latinoamérica. La torta de tres leches se hace con leche evaporada, leche condensada, y crema de leche.

TUANI: Una palabra que usamos en Nicaragua para decir que algo es bueno, lindo, y de moda.

Hey! It's Ale. Welcome to the glossary! Here you will find important information that I want to share with you. One of my favorite teachers once told me that it is good to always be in student-mode and continue to learn, no matter how old you are. I am definitely in student-mode, so let's learn together.

BARRIO: In Latin America, "barrio" means "neighborhood" in Spanish. In the United States, "barrio" refers to a neighborhood where Latin American immigrants and Latinx people live. "Latinx" is a way to refer to all people of Latin American descent, no matter what gender.

COUNCILPERSON: A person elected to a town or city's local government whose job is to take care of the people and communities they represent. In different places this position might be known as "supervisor" or "alderman." Do you feel like your councilperson takes care of your community?

EVICTION: When a property owner or landlord goes to court to remove a tenant from their home. If you or your family are facing eviction, you can get information at alejandriafightsback.com. The eviction process starts with the owner giving the tenant a written notice that tells them how many days they have to move out. There are different reasons for eviction, but in some states, the owner doesn't even have to give a reason.

GALLO PINTO: A popular dish in Nicaragua that is a mixture of rice and beans. Many countries in Latin America have something like it but call it by a different name. No matter what you call it, it's always yummy!

HIJA: Spanish word for "daughter." A term used affectionately by parents or grandparents when talking to their daughters.

HORMIGUITAS: Spanish word for "little ants." When I feel nervous, it feels like there are little ants crawling in my tummy. I have heard people say that they have butterflies in their stomach, but mine feel like ants.

LANDLORD: A company or person that owns a house, apartment, or other type of home that they don't live in, but charge someone else money to live there.

ORGANIZER: A person who supports community members to come together to recognize their power and fight for their rights. You can be an organizer at any age!

PICOS: Delicious sweet bread in the shape of a triangle, filled with cheese and sugar. In Spanish, "picos" means "sharp points" or "corners," and the picos that you eat have three corners that you can bite into. Duende loves picos!

RASPADO: Spanish word for "shaved ice." This treat is flavored with delicious syrups and is commonly sold by street vendors. My favorite is strawberry.

RENT: Money that people pay to a landlord each month so they can live in a home. Mami works really hard to pay the rent every month.

TENANT: A person who rents their home from a landlord. Each month they pay the landlord to live in the home.

TRES LECHES: A popular cake in many parts of Latin America. Tres leches, which means "three milks," is actually made with three kinds of milk: evaporated milk, condensed milk, and heavy cream. That's a lot of milk!

Visita nuestra página web para aprender más sobre cómo luchar por la justicia de vivienda en tu comunidad.

alejandriafightsback.com

To learn more about how to fight for housing justice in your community, visit our website!

Published in 2021 by the Feminist Press
at the City University of New York
The Graduate Center
365 Fifth Avenue, Suite 5406
New York, NY 10016

feministpress.org

First Feminist Press edition 2021
English text copyright © 2021 The Rise-Home Stories Project and Leticia Hernández-Linares
Spanish text copyright © 2021 The Rise-Home Stories Project
Illustrations copyright © 2021 The Rise-Home Stories Project and Robert Liu-Trujillo

This book was made possible thanks to a grant from New York State Council on the Arts with the support of Governor Andrew M. Cuomo and the New York State Legislature.

First printing August 2021

Cover and interior illustrations by Robert Liu-Trujillo
Production by Drew Stevens

Library of Congress Cataloging-in-Publication Data is available for this title.
ISBN 9781558617049

PRINTED IN THE UNITED STATES OF AMERICA

RISE-HOME
STORIES

ABOUT THE AUTHORS AND ILLUSTRATOR

THE RISE-HOME STORIES PROJECT is an innovative collaboration between multimedia storytellers and social-justice advocates from several grassroots organizations who work at the nexus of housing, land, and racial justice in the US. It came together in 2018 to reimagine the past, present, and future of our communities by transforming the stories we tell about land and home. To that end, the Rise-Home Stories Project is creating a body of multimedia projects aimed at diverse audiences that expose the generational impacts of racist land and housing policy while planting a long-term vision for our collective future. *Alejandria Fights Back! / ¡La lucha de Alejandria!* is one of those projects. The Rise-Home Stories Project was made possible by a grant from the Ford Foundation's Cities and States program.

LETICIA HERNÁNDEZ-LINARES is a bilingual, interdisciplinary writer and artist and racial-justice educator. The first-generation US-born daughter of Salvadoran immigrants, she is the author of *Mucha Muchacha, Too Much Girl.* All of her creative and educational work incorporates storytelling and art—important tools for celebrating culture and community. She has lived on the same block in the Mission District of San Francisco for twenty-five years.

ROBERT LIU-TRUJILLO is a lifelong Bay Area resident. Born in Oakland, California, he is the child of student activists who watched lots of science fiction and took him to many demonstrations. Always drawing, Rob grew up to be an artist, falling in love with graffiti, fine art, illustration, murals, and children's books. Through storytelling, he's been able to scratch the surface of so many untold stories. He is the author and illustrator of *Furqan's First Flat Top / El primer corte de mesita de Furqan.*

SOBRE LOS AUTORES E ILUSTRADOR

EL PROYECTO RISE-HOME STORIES es una colaboración innovadora entre cuentistas de medios múltiples y defensores de la justicia social de varias organizaciones comunitarias que trabajan en vivienda, tierra, y justicia racial en los EE. UU. Se creó en el 2018 para imaginar de nuevo el pasado, presente, y futuro de nuestras comunidades al transformar las historias que contamos sobre la tierra y hogar. Con ese fin, el Proyecto Rise-Home Stories está creando un cuerpo de proyectos de medios múltiples dirigidos a audiencias diversas que exponen el impacto de la política racista de la tierra y vivienda en varias generaciones mientras plantea una visión de largo plazo para nuestro futuro colectivo. *Alejandria Fights Back! / ¡La lucha de Alejandria!* es uno de esos proyectos. El Proyecto Rise-Home Stories está financiado por una subvención del programa de Ciudades y Estados de la Fundación Ford.

LETICIA HERNÁNDEZ-LINARES es una escritora y artista bilingüe e interdisciplinaria y una educadora de justicia racial. Parte de la primera generación, nacida en los EE. UU. e hija de inmigrantes Salvadoreños, ella es la autora de *Mucha Muchacha, Too Much Girl.* Todo su trabajo creativo y educativo incorpora la narración y el arte—herramientas importantes para la celebración de cultura y comunidad. Ha vivido en la misma cuadra en el Distrito de la Misión en San Francisco por veinticinco años.

ROBERT LIU-TRUJILLO es un residente por vida de la Área de la Bahía de San Francisco. Nacido en Oakland, California, es hijo de activistas estudiantiles que veían mucha ciencia ficción y lo llevaban a varias manifestaciones. Siempre dibujando, Rob creció para ser un artista, enamorándose del graffiti, artes finas, ilustraciones, murales, y los libros infantiles. Por medio de la narración, ha podido sacar a luz las historias desconocidas. Él es el autor e ilustrador de *Furqan's First Flat Top / El primer corte de mesita de Furqan.*

The Feminist Press publishes books that ignite movements and social transformation. Celebrating our legacy, we lift up insurgent and marginalized voices from around the world to build a more just future.

See our complete list of books at
feministpress.org

THE FEMINIST PRESS
AT THE CITY UNIVERSITY
OF NEW YORK

FEMINISTPRESS.ORG